Un Cuento de la Navidad Dominicana

Escrito por
Elizabeth Balaguer

Ilustrado por
Sarah Amaro

Para solicitudes de permiso, escriba a la Editorial:
Dominican Writers Assoc.
4867 Broadway #848
New York, NY 10034

Escrito por: Elizabeth Balaguer©
Ilustrado por: Sarah Amaro©

Revisado por: Ruth Herrera

Publicado por: Lil' Dominican Readers

ISBN de tapa blanda en español: 978-1-7352308-8-7

Impreso en los Estados Unidos de América
Primera edición: Diciembre de 2024

Un homenaje a la niñez

Presentación

La temporada navideña en la República Dominicana es una época que resplandece por su alegría y valiosas tradiciones transmitidas de generación en generación. Las celebraciones navideñas dominicanas van más alla de las luces y decoraciones: son una manifiestación de profunda conexión familiar, con lo amigos y vecinos. La celebración navideña es una experiencia agradable y festiva que recoge el espíritu de resiliencia, unidad y amor que define a los dominicanos.

En el cuento a continuación, se invita a los lectores a explorar las apreciadas tradiciones de la Nochebuena, la decoración con los charamicos, la musicalidad armoniosa de los aguinaldos, que resuenan en las calles cantando "A las arandelas", canción tradicional que se escucha durante toda la temporada navideña. La versión original de esta canción proviene de un villancico titulado "Cánticos", que escribió el poeta Juan Antonio Alix por encargo del padre Ignacio González en la ciudad de Santiago de los Caballeros, el 16 de noviembre de 1908. Además, recoge los deliciosos platos navideños, como los pasteles en hoja, el puerco asado y el moro de habichuelas negras, y las muestras de afecto fraternal que se manifiestan entre sus conciudadanos.

Estas tradiciones son una ventana de la esencia dominicana, donde la fe, la música y la familia se unen en una hermosa armonía. Este libro tiene como objetivo dar vida a la magia de la Navidad dominicana, permitiendo a los lectores, sin importar sus orígenes, experimentar y apreciar los valores de la generosidad, la gratitud y la unión que definen esta temporada navideña en la República Dominicana. Ya sea que se esté reconectando con su herencia o descubriendo nuevas tradiciones, este viaje llenará su corazón con la alegría y el espíritu de la temporada desde la isla caribeña.

Soy Luisito, quiero invitarlos a que me acompañen a celebrar la Navidad en la República Dominicana.

¿Están listos? ¡Vámonos para Santo Domingo a disfrutar la Navidad con su música, sorpresas y algarabía!

A LAS ARANDELAS, A LAS ARANDELAS,

A LAS **ARANDELAS** de mi corazón...

A las Arandelas es un villancico que cantamos los dominicanos durante la época de Navidad.

Acompañados por la **GÜIRA**, la **TAMBORA** y el **ACORDEÓN**.

Preparamos visitas por sorpresa a nuestros **familiares y vecinos.**

Vamos tocando de puerta en puerta para compartir
con ellos los **AGUINALDOS**
y el delicioso té de jengibre.

La ciudad se decora con los **CHARAMICOS**, elaborados con ramas finas y secas.

Se encuentran de formas diferentes: **BOLAS, ÁNGELES, ESTRELLAS, ANIMALES** y **ÁRBOLES.**

El nacimiento del NIÑO JESÚS
es la razón por la que
celebramos la NAVIDAD.

En Santo Domingo, el **PARQUE DE LAS LUCES** resplandece con las bombillas de colores, y muchas casas decoran los árboles, las ventanas, balcones y galerías.

El 24 de Deciembre
celebramos
¡la **NOCHEBUENA!**

Nuestra casa se envuelve con el aroma de...

HIGOS
PERAS
DÁTILES

Preparamos **MORO DE HABICHUELAS NEGRAS, PUERCO ASADO, POLLO, PAVO, PASTELES EN HOJA Y ENSALADA RUSA.**

También brindamos **TELERA**, **PASTELITOS**, **PAN DE FRUTA**, **LERENES**, **NUECES** y **POSTRES** para finalizar.

Las mesas se visten con hermosos manteles **ROJOS, VERDES Y BLANCOS.**

EN el centro se coloca **LA FLOR DE PASCUA.**

La **NAVIDAD** es la época de dar y recibir. Algunos regalan en nombre del **NIÑO JESÚS**, otros de **SANTA CLAUS**.

y en algunas familias, los adultos intercambian regalos en el **JUEGO DEL ANGELITO.**

Familiares y amigos bailamos, reímos y nos abrazamos con alegría.

Luego, despúes de la cena, cuando se acerca la hora de dormir cantamos...

A las ARANDELAS, a las ARANDELAS,
a las ARANDELAS de mi corazón...

A medida que se aquieta la noche, me acurruco en mi cama a soñar con la magia de la Navidad, sus canciones y risas.

¡Feliz Navidad!

Glosario

ACORDEÓN un instrumento musical en forma de caja que consta de una parte central plegada con un teclado, que se toca empujando los dos extremos uno hacia el otro.

A LAS ARANDELAS es la canción popular que los dominicanos cantan durante la época navideña. La versión original es un villancico titulado Cánticos. Fue escrito el 16 de noviembre de 1908 por el poeta dominicano, Juan Antonio Alix, en la ciudad de Santiago, República Dominicana.

AGUINALDO es parte de la tradición dominicana durante la temporada navideña cuando la gente toca a las casas de amigos o familiares y canta canciones navideñas acompañadas de instrumentos como la güira, la tambora y el acordeón.

CHARAMICOS son adornos dominicanos navideños tradicionales hechos de ramas secas delgadas y redondeadas o madera finamente cortada.

ENSALADA RUSA una ensalada hecha con patatas, zanahorias, huevos cocidos, guisantes, remolachas, pimientos morrones u otros ingredientes mezclados, que se adereza con mayonesa, aceite verde y se sirve fría.

FLORES DE PASCUA también es conocida como flor de Pascua o flor de Navidad por lo inteso de su color rojo y se caracteriza por florecer en el mes de diciembre.

GÜIRA es un instrumento de percusión utilizado en la República Dominicana y el sonido se produce mediante un "gancho o raspador" parecido a un tenedor, pasado contra un cilindro metálico perforado.

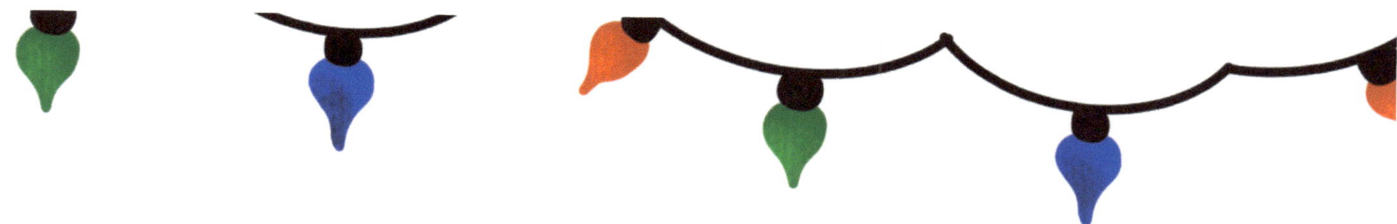

JUEGO DEL ANGELITO se realiza entre familiares o amigos para compartir e intercambiar regalos, pero, sin saber quién regala a quién, hasta el último día, en que finaliza el juego.

LA NOCHEBUENA es la noche en que los dominicanos celebran su cena tradicional de Navideña, el 24 de diciembre, Víspera de la Navidad.

LERENES es un tubérculo pequeño originario del Caribe y Sudamérica. Según hallazgos de historiadores, esta planta la cultivaban los indígenas nativos.

MORO es un plato preparado con arroz, frijoles o gandul.

PAN DE FRUTAS se caracteriza por su pulpa dulce y comestible, similar a la del pan.

TAMBORA es un instrumento musical de percusión, puede ser de madera o de metal, con forma cilíndrica y hueca, recubierta en ambas bases por piel estirada, que se golpea con dos palos para producir música.

TELERA es un pan enriquecido, de forma alargada, con corteza blanda y miga esponjosa, típico de la época navideña. Se aromatiza tradicionalmente con un toque de anís, y en ocasiones también se le añade colorante vegetal para darle un aspecto amarillento.

Guía para los padres: Explorar el cuento de la Navidad dominicana

Esta guía es un regalo para usted, una manera de compartir la magia y el valor de las tradiciones. Desde la sencillez y belleza de los **charamicos** hasta las celebraciones de **Nochebuena**. Explore junto a su hijo los tesoros que hacen especial las Navidades Dominicanas.
¡Un momento especial para juntos celebrar, disfrutar, jugar y aprender!

Lectura Animada

1- Teatro
Dale vida a la historia al representar algunas escenas con tu hijo. Para hacerlo más divertido, puede utilizar algunos accesorios sencillos o disfraces.

2- Revise las ilustraciones:
Observen juntos las ilustraciones y dialoguen sobre lo que ven en ellas.
¿Cómo se reflejan las tradiciones en las Navidades dominicanas y los lugares?

Discusión y Reflexión

Hacer preguntas: anime a su hijo a preguntar y compartir sus opiniones sobre la historia. ¿Qué parte le parecio la más interesante o emocionante ?

Tradiciones familiares: Hable sobre las tradiciones navideñas de su familia.
¿En qué se parece o se diferencia de las del cuento?

Actividades familiares

1. **¿Por qué la Navidad es especial?**
   ¿Qué diferencia la Navidad en la República Dominicana?

2. **Describe los Aguinaldos:** Observa las imágenes y describe las fiestas tadicionales.

3. **Celebración de La Nochebuena:** ¿Cuándo se celebra y por qué especial?

4. **Compara celebraciones**: ¿Cómo puedes comparar la historia con tus experiencias?

5. **El papel de la familia y los vecinos :** Analiza cómo la familia y los vecinos son importantes en la historia.

6. **La importancia de las reuniones:** ¿Por qué son tan importantes las reuniones familiares?

7. **Comidas y decoraciones especiales:** Identifica una comida o decoración nombrada en el cuento.

8. **El verdadero significado de la Navidad:**
   Después de leer el cuento, describe cuál es significado de la Navidad para ti.

Navidades Dominicanas - Sopa de Letras

Encuentra las palabras en la lista

ACORDEÓN
AGUINALDOS
ARANDELAS
ÁRBOLES
CHARAMICOS
DICIEMBRE
DECORACIONES
ENSALADA RUSA
GÜIRA
JUEGO DEL ANGELITO
LERENES
MORO
NOCHEBUENA
NIÑO JESÚS
PAN DE FRUTA
PASTEL EN HOJA
PUERCO ASADO
TAMBORA
TELERA

A	C	O	R	D	E	Ó	N	V	E	S	D	I	C	I	E	M	B	R	E	D	B	J
G	R	E	X	T	D	E	E	R	N	I	C	N	H	G	K	Q	Z	Y	U	E	P	U
Ü	E	W	M	P	G	L	K	F	S	M	H	Q	O	N	X	T	C	A	V	C	L	E
I	E	M	H	W	L	V	D	S	A	O	A	N	C	O	R	D	M	O	R	O	L	G
R	I	B	O	Z	W	E	X	C	L	A	R	C	O	C	L	A	S	H	E	R	X	O
A	R	A	N	D	E	L	A	S	A	A	A	N	L	H	I	K	L	P	B	A	U	D
L	O	H	R	I	R	S	N	T	D	A	M	M	A	E	R	T	S	A	S	C	X	E
D	E	J	K	O	U	X	D	E	A	O	I	Á	T	B	O	P	S	N	Q	I	I	L
T	X	R	Y	P	L	M	C	B	R	R	C	R	E	U	N	A	N	D	T	O	T	A
A	R	C	E	V	D	J	R	O	U	N	O	B	V	E	M	P	O	E	R	N	N	N
M	Z	P	M	N	S	G	X	R	S	A	S	O	T	O	P	Á	H	F	N	E	D	G
B	A	N	S	T	E	L	E	R	A	M	S	L	L	A	B	N	J	R	H	S	I	E
O	L	U	I	V	C	S	B	S	E	E	W	E	Q	B	Ñ	O	K	U	J	I	K	L
R	G	B	M	N	I	Ñ	O	J	E	S	Ú	S	N	D	F	É	Z	T	R	S	U	I
A	I	A	S	E	L	O	M	E	N	T	S	X	R	A	Q	L	G	A	C	H	Z	T
Q	W	V	P	U	E	R	C	O	A	S	A	D	O	W	I	A	C	S	E	T	R	O

Pudin de Pan

La receta de Papá

Ingredientes

7 panes de agua (cortados en pedazos pequeños)
4 tazas de leche
1 ½ taza de azúcar
4 huevos
1 cucharadita de extracto de vainilla
1/2 cucharadita de canela molida
1/4 cucharadita de nuez moscada
1/4 cucharadita de sal
1/4 taza de mantequilla
1/2 taza pasas

Preparación

1. Precalentar el horno:
Poner el horno a una temperatura de 175 °C (350 °F).
Engrasar un molde para hornear de 23 x 33 cm o de tamaño similar.

2. Remojar el pan:
En un envase grande, mezclar el pan desmenuzado y la leche. Dejar remojar durante unos 10 a 15 minutos hasta que el pan esté suave y absorba la mayor parte de la leche.

3. Mezclar los ingredientes:

En un recipiente aparte, mezclar los huevos, el azúcar, la vainilla, la canela, la nuez moscada, sal y mantequilla derretida. Luego, vierta la mezcla sobre el pan que esta remojado en la leche y revuelva bien hasta que todos los ingredientes estén bien mezclados y agregue las pasas.

4. Hornear:

Poner la mezcla del pan en la fuente que tiene preparada para hornear. Alisar la superficie con una espátula. Hornear en el horno precalentado durante 45-55 minutos, o hasta que el pudín esté dorado y cocido en el centro.

Puede insertar un cuchillo en el centro para verificar, al sacarlo debe estar limpio.

5. Enfriar y servir:

Deje enfriar un poco el pudín antes de cortarlo. Este se puede servir tibio o frío.

Sugerencias para servir:

Sirva el pudín de pan solo, con un chorrito de leche condensada azucarada, crema batida, una bola de helado o almíbar de ciruela arriba.

Escribe un Cuento

Escribe un cuento relacionado con la Navidad
en la República Dominicana.
Incluye un mínimo de 3 palabras
de la sopa de letras.

Elizabeth Balaguer

nació en Santo Domingo, República Dominicana. Es una querida autora de libros infantiles en los que da vida a las riquezas tradicionales de su tierra natal a través de sus cuentos. Tiene una Licenciatura en Diseño Gráfico, Maestría de Español en Literatura Hispánica y Peninsular y Maestría en Literatura Infantil y Promoción de la Lectura. Elizabeth ha publicado más de 15 maravillosos libros, incluidos Trucando, Mi Carnaval (bilingüe), Cuco (bilingüe), Mi oruga no quiere comer (bilingüe). Presidenta de IBBY-RD, se dedica a promover la lectura y las raíces culturales entre los lectores más jóvenes. Con más de dos décadas de experiencia en educación temprana, las historias de Elizabeth están llenas de aventura, tradición y una pizca de magia dominicana, que inspira a los niños a explorar y celebrar la diversidad cultural.

Sarah Amaro

es una ilustradora, profesora de arte y escritora de República Dominicana radicada en Nueva York. Le gusta ilustrar y escribir libros infantiles a partir de sus experiencias para mantener viva a su niña interior y compartir alegría con los demás. Tiene un título de AAS en Comunicación Visual de Chavón, la Escuela de Diseño de Santo Domingo y una Licenciatura en Bellas Artes en Ilustración de Parsons School of Design.

www.ingramcontent.com/pod-product-compliance
Lightning Source LLC
Chambersburg PA
CBHW041922180726
48295CB00002B/43

9781735230887